Mit Phantasie angerührt

Danke

an die Schreibwerkstatt,
ohne deren Impulse
diese Geschichten
nicht entstanden wären

Almuth Germann

Mit Phantasie angerührt

Texte aus der Schreibwerkstatt

Bibliografische Information der Deutschen National-bibliothek:
Die Deutsche Nationalbibliothek verzeichnet diese Publikation in der Deutschen Nationalbibliografie; detaillierte bibliografische Daten sind im Internet über http://dnb.dnb.de abrufbar.

Herstellung und Verlag: BoD – Books on Demand, Norderstedt

ISBN: 978-3-7412-1080-8

Der Berg

Sein Gesicht werde ich nicht vergessen: eingemummelt, mit der Kapuze bedeckt, die Sonnenbrille zum Schutz der Augen, im Bart kleine Eiszapfen, die Gesichtshaut mehr blau als rot. Was hatte ihn nur getrieben, sich aufzumachen, all die Anstrengungen auf sich zu nehmen, monatelange Vorbereitungen zu treffen?

Mit wenigen Freunden war er unterwegs. Schon als kleiner Junge hatte er den Wunsch gehabt, den Berg zu bezwingen. Jedes Mal, wenn dessen Name fiel, bekam er große Ohren, und wie magisch zog er ihn an. Schon früh besuchte er Kurse, um die Fertigkeit im Klettern zu erlernen. In seinem Bücherregal standen selbstverständlich viele Bildbände über die angrenzenden Länder.

Landeskunde, Geographie, Berichte über frühere Besteigungen und Reportagen nahmen ihn immer wieder gefangen.

Und dann war es in diesem Jahr so weit, dass er mit seinen Freunden eine Besteigung planen konnte. Zeit und Geld hatte er gespart, die Ausrüstung erworben, eine Mannschaft an Helfern stand für ihn bereit.

Alle Vorbereitungen wurden aber zur grauen Theorie in dem Augenblick, als es ernst wurde. Alles konzentrierte sich auf den Gipfelanstieg, auf das Ziel, das ihn schon immer reizte.

Eingemummelt, ausgerüstet, bepackt verließ er mit seinen Freunden das Basis-Lager. Das Wetter war günstig. Am ersten Tag kamen sie gut voran. Und doch – im Blick auf das Ziel, im Blick auf den Gipfel, der noch verborgen lag, hatten sie kaum eine Strecke überwunden. Viel Aufwand und Zeit verbrauchten das Herrichten der Zelte, die Nahrungsaufnahme, die Fürsorge für das körperliche Wohlbefinden. Immer wieder mussten Pausen eingelegt werden, damit nicht frühzeitig die Kräfte verbraucht wurden.

Der zweite Tag wurde beschwerlicher. Jeder Schritt wollte bedacht werden und forderte die ganze Kraft. Am Abend setzten kurz vor dem Erreichen des zweiten Lagers starke Kopfschmerzen ein. Das Atmen fiel schwerer. Wesentlich wurde der Kontakt zu den Freunden, die hier und da ein Wort wechselten, halfen aufzupassen, dass alles normal ablief. Gegen Abend setzte ein Sturm ein, vor dem sie sich in die Zelte retten konnten. Finger und Zehen wurden massiert, das Gefühl, die Durchblutung mussten gewahrt bleiben. Die Nacht war unruhig, aber sie wagten es, am folgenden Morgen wieder aufzubrechen. Verglichen mit dem Beginn ihrer 'Wanderung' waren sie langsam geworden, geschwächt. Aber immer noch zog sie der Gipfel, wie magisch angezogen folgten sie.

Vom Basis-Lager kamen günstigere Wetterprognosen, sodass sie für den übernächsten Tag den Gipfel-Ansturm planten. Noch steiler war der Weg, noch früher in der Nacht machten sie sich auf, noch mehr als je zuvor waren sie aneinander gewiesen. Jeder Schritt wurde zum Kampf, jeder Meter, den sie erklommen hatten, ein Gewinn. Fast im Taumel und doch mit einer seltenen Klarheit ausgerüstet kämpften sie sich weiter vor. Viel Menschliches schien aus den Gesichtern gewichen, wie erstarrt und verzerrt, von einem eisernen Willen getrieben. Mit letzter Kraft erreichten sie den Gipfel – unvorstellbar, nicht dort bleiben zu können!

Eine Sehnsucht, die er nie in Worte hätte fassen können, hatte ihn getrieben. Nun erlebte er die Erfüllung. Und wieder fand er keine Worte, er war glücklich, er hatte es geschafft, alle Anstrengungen, Schwierigkeiten hatte er überwunden dank der Hilfe aller seiner Freunde. Hier angekommen wollte er die ganze Welt umarmen.

Nach wenigen, viel zu kurzen Augenblicken traten sie den Rückweg an. Er war nicht leichter als der Anstieg. Aber er wusste, auch ihn würde er schaffen, und er gehörte dazu. Er hatte sein Lebensziel erreicht, er fühlte sich satt wie nach einer warmen Mahlzeit, aber so umfassend, wie er es nie erlebt hatte und nie wieder erleben würde.

Diese Zufriedenheit und Erfüllung war auch in seinem Gesicht abzulesen, das so eingepackt und gefroren aussah.

Höhlenmenschen

Reifbedeckte Wiesen warten auf die Sonne. Graublauer Rauch steigt zum Himmel. Es friert zum Erbarmen. Im Eingang der Höhle wird die Glut neu entfacht. Während der Nacht hütete die Alte das Feuer, denn es war für sie überlebenswichtig. Weit hinten in der Höhle ruhten die Männer von der Jagd aus, die nur wenig Erfolg gebracht hatte. Der Winter ist hart, er dauert länger an als in vergangenen Jahren. Vom Rauch geschwärzt ist der Eingangsbereich, verhangen mit Fellen, um die Kälte ein wenig auszusperren. In der Nacht sind alle noch näher aneinander gerückt. Die Kälte und das wenige Essen sind lebensbedrohend. Die Vorräte aus dem Herbst, getrocknete Früchte und Beeren, sind fast aufgebraucht. Heute werden sie sich zusammensetzen und überlegen, ob sie ihren jetzigen Wohnbereich verlassen müssen, um in wärmeren Gegenden überleben zu können. Die Kinder sind geschwächt; ob die starken Männer sie zeitweise tragen können?

Der Rauch des Feuers beißt der Alten in die Augen. Es fällt ihr schwer, diesen Ort zu verlassen, der ihr immer schon ein Zuhause war. Wird sie überhaupt einen langen Marsch aushalten können, beladen mit Gepäck, dem wenigen, was sie haben? Könnten sie sich, über zwanzig Personen, in einer anderen Gegend und Vegetation zurechtfinden? Gibt es unbewohnte Gebiete, die einer so großen Schar in diesem harten Winter das Überleben ermöglichen?

In einem alten Kessel, der auf seinen drei Füßen über dem Feuer thront, bringt die Alte Schnee zum Schmelzen. Sie fügt später von dem erlegten Wild ein wenig Fleisch hinzu, angereichert mit Kräutern, um ihre Leute mit einer kräftigen Fleischsuppe stärken zu können. Ein wenig gönnt sie sich auch; sie ist zwar mir den kleinen Kindern eine der Schwächsten, aber ohne ihren Erfahrungsschatz, ohne ihr Wissen um Überlebensstrategien wären möglicherweise alle verloren.

Spät am Vormittag nimmt sie den ersten Sonnenstrahl wahr, der nur schwach ihre müden Glieder wärmt. Ein leichter, lauer Wind lässt sie ahnen, dass es auch in diesem Jahr einen Frühling geben wird. Gestern hat sie eine erste Winterblume entdeckt, die die Schnee- und Eisdecke aufgebrochen hat. Auch wenn es scheint, als ob das Eis alles absterben und erfrieren ließe, so bleiben doch verborgene Kräfte vorhanden, die von den ersten Sonnenstrahlen hervorgelockt werden und Blüten treiben.

Ein wenig ist ihr am Feuer warm geworden. Für eine kurze Zeit ist sie eingenickt. Als ihr Sohn sich dem Feuer nähert, weist sie ihn auf die ersten Boten der warmen Jahreszeit hin. Wenn ihre Stimme gelten soll, so wird sie dafür einstehen, hier zu bleiben. Die Kraft der Sonne, der Natur wird auch ihnen allen genug Energie geben zu überleben.

Frühling

Inzwischen ist der Frühling aufgewacht und beginnt, alles Gefrorene aufzutauen. Das Eis schmilzt, die Bäche schwellen an, die ersten Blumen strecken ihre Köpfe aus dem Boden. Ein Weg zu der Hütte ist wieder sichtbar, die Schneeschaufel wird weggepackt, der Wintermantel eingemottet. Die im Winter geschmiedeten Pläne werden hervorgeholt. Nun steht bald die große Wanderung an. Vier Familien werden aufbrechen, um einen neuen Wohnplatz zu erkunden. Bald sind die Pferde gesattelt, der Proviant verpackt; früh morgens brechen sie auf, voller Erwartung und Hoffnung, angetrieben von dem Wunsch, eine weite Ebene zu finden, in der mehr angebaut werden kann.

Sie richten sich nach der Sonne und den Sternen, es geht immer weiter nach Westen. Unterwegs treffen sie keine Menschen, nur hören sie manchmal nachts die Wölfe. Nach Wochen erreichen sie eine Talmulde, die geschützt liegt, ein kleiner Fluss bewässert das Land. Sie schlagen ein vorläufiges Lager auf und erkunden in den nächsten Tagen die Umgebung. Hier könnte man bleiben, hier ist Platz, hier kann etwas angebaut werden. Bald sind sie sich einig geworden, hier einen Neuanfang zu wagen, als sie in der Ferne ein Feuer sehen. Sie reiten hin und treffen auf eine Gruppe von Menschen, die rasten. Eine Verständigung ist nur schwer möglich. Sie tauschen ein wenig Essen aus. Sie laden die Unbekannten ein, zu ihrem Lagerplatz zu kommen. Mit vorsichtigen Gesten gelingt es schließlich, ihnen ihre Pläne deutlich zumachen. Sollen sie dazukommen? Es ist genug Platz für alle da. Könnten sie sich miteinander anfreunden und zu einer Gruppe werden?

Als ich aufwache, bin ich noch ganz benommen. Das Zwitschern der Vögel im Frühjahr hat mich in wenigen Minuten träumen lassen, was aus dem letzten Roman hängen geblieben ist. Gespannt gehe ich in den neuen Tag und muss Acht geben, dass ich nicht im Keller nach dem alten Sattel suche.

Perlen

Klein, weiß, rund, ein ganzes Brett voller Perlen. Jeden Tag neu, immer wieder. Wenn sie den Blick hob, sah sie alles wie durch ein Raster, geprägt durch all die weißen Kugeln. Immer schon gehörten Perlen zu ihrem Leben. Alle Menschen, die sie kannte, hatten mit Perlen zu tun, verdienten sich irgendwie ihren Lebensunterhalt mit dieser kostbaren Meeresfrucht. Es kam fast einem Mannbarkeitsritus gleich, wenn ein Junge zum ersten Mal tief hinabtauchen durfte, um besondere Perlengründe zu finden. Mut gehörte dazu, es war eine Herausforderung, Tiefenangst musste überwunden werden – und gleichzeitig dabei forschend, entdeckend und suchend die Augen offen gehalten werden. Wenn man wieder auftauchte, etwas gefunden hatte, war man zu einem erfolgreichen Schatz-Entdecker geworden. Nie wurde das Heben solch eines Schatzes belanglos. Jedes Mal war es ein besonderes Erlebnis, das mit der gebührenden Beobachtung belohnt wurde. Die jungen Mädchen fieberten den auftauchenden Jungen entgegen, sie wetteiferten, wer den größten Schatz heben würde. Leider konnten sie die Taucher während ihrer Arbeit nicht anfeuern, aber umso größer war die Anspannung. Die Präsentation des Fanges war jedes Mal ein kleiner Höhepunkt des Tages, knapp gefolgt von der Begutachtung der Kostbarkeiten.

Keinem der Dorfbewohner fiel es schwer, den Wert der Perlen zu schätzen. Kaum einer besaß selbst eine der wunderbaren Kugeln, weil sie Grundlage für Leben und Nahrung dieser recht armen Bevölkerung war. Umso mehr stieg ein Mädchen in der Achtung ihrer Umgebung, wenn sie beim Werben des Mannes und zur Hochzeit eine Kette erhielt. Je mehr Kugeln diese enthielt, desto höher war die Wertschätzung. Und es war immer wieder ein neues, verblüffendes Wunder, wie sehr der Glanz und Schimmer einer Perlenkette das Gesicht und Wesen einer jungen Frau verändern konnte. Es geschah selbst hin und wieder, dass eine alte Frau plötzlich um Jahre jünger wirkte, um deren Hals sich die überraschend geschenkte Perlenschnur eines geliebten Menschen schlang.

Ein Tropfen auf den heißen Stein

Nur noch vier Häuser standen in der Ebene, das erste fing an zu verfallen. Vor Monaten waren die Bewohner weggezogen. Zu mühsam war dieses einsame Leben. Die Landschaft trocknete immer mehr aus. Es war schwer, dem kargen Boden etwas Fruchtbares abzuringen. Nicht lange danach, als ein alter Mann gestorben war, zogen auch die restlichen Leute weg. Keinem tat es weh, das Tal zu verlassen.

Fünf Jahre später kam ich bei einer ausgiebigen Wanderung wieder in diese Gegend. Nicht weit entfernt erblickte ich ein einfaches, aber gepflegtes Anwesen. Ich machte Rast und wurde zu einem Vesperbrot eingeladen. Ein stiller Mann mit wettergegerbtem Gesicht bewirtete mich. Hier und da fielen einzelne, wenige Worte. Nach der Mahlzeit holte er aus einem Sack Hände voll Eicheln, die er auslas, sortierte und dann wässerte. Da es spät geworden war, nahm ich sein Angebot dankend an, über Nacht zu bleiben.

Er hatte eine besondere Ausstrahlung. Mitteilsam war er nicht, aber umso interessanter war, was er tat. Am nächsten Morgen begleitete ich ihn mit seinen Schafherden. Seinem Hund konnte er die Aufsicht überlassen. Er begab sich an eine besondere Stelle und setzte die mitgenommenen Eicheln in Vertiefungen, die er zuvor mit seinem großen Stab gebohrt hatte. Keinen hatte er um Erlaubnis gefragt, keiner störte sich an seinem Tun. Aber er vollzog eine wichtige Aufgabe, nicht nur an diesem Morgen, sondern Tag für Tag, Monat für Monat, über Jahre hin.

Jahre später kam ich wieder in diese Gegend. Fast hatte ich diesen beeindruckenden Mann vergessen. Nicht sofort erkannte ich die Gegend wieder. Kleine Bäume, mannshoch, hunderte von Metern, in Reih und Glied, mit Lücken, denn nicht alle gesetzten Eicheln waren erfolgreich gewachsen.

Wir trafen uns wieder, und der Hirte hatte nicht nachgelassen, seine Vision umzusetzen. In einem langen, stillen Gespräch mit vielen Pausen berichtete er von weiteren Versuchen, auch andere Bäume anzupflanzen. Viel Mühe, viel Ausdauer, mache Fehlschläge, aber auch eine allmähliche Veränderung eines ganzen Landstriches waren feststellbar.

Ungestört durch die Jahre des Krieges wirkte sein Werk. Ein Jahrzehnt später traute ich meinen Augen kaum. Man konnte seine Anpflanzungen schon Wald nennen. Die Luft war anders – Frische wurde spürbar, hier und da flossen kleine Rinnsale, und Kinderstimmen von Ausflüglern waren zu vernehmen. Hämmern und Klopfen wiesen auf das Ausbessern der alten Hütten hin. Es gab Leute, die hier wieder wohnen wollten, für die diese einst so ausgetrocknete Gegend wieder ein attraktiver Landstrich geworden war. Mehrere Kilometer Wald in der Länge und Breite hatten eine Veränderung bewirkt, die vorige Generationen sich nicht hatten vorstellen können.

Dieses einsame Tun, vor allem mit den Tieren verbunden, inmitten der erst widrigen Natur, hatte manches Kopfschütteln hervorgerufen, aber er hatte ein Wunder vollbracht, mit eisernem Willen und einem deutlichen Ziel vor Augen, mit Mitteln der Natur paradiesische Zustände geschaffen.

Als eine Generation später die Bulldozer den Wald platt machten, um Atommeiler zu errichten, erlebte er es nicht mehr.

Trotzdem hat sein Lebenswerk gezeigt, dass viele Eicheln, viele Tropfen den Stein höhlten, dass ein einzelner Mensch viel bewirken kann und dabei zu einem faszinierenden Vorbild werden kann.

Das Spiegeln

Grün, blau – in einer besonderen Farbenpracht erscheint der Teich, geschmückt mit den Seerosen. Große Flächen des Wassers sind bedeckt von den Blättern. Am Morgen liegt der Nebel über dem See, der sich mit den aufkommenden Sonnenstrahlen verzieht. Die Blüten beginnen, sich zu öffnen: weiß, rosa, in vielen Farben leuchten sie. Einige Wassertiere kommen hinzu, ziehen langsam ihre Kreise. Wasserflöhe scheinen über dem Wasser zu schweben, Libellen surren. Nur die leisen Töne der Natur sind zu hören. Große, alte Bäume umgeben den Teich, sie bilden einen Park, der beruhigend auf seine Besucher wirkt. Vor vielen Jahrzehnten wurden Mammutbäume importiert, große Eichen und Kastanien bedecken wie Schirme den Rasen. Vom nahe gelegenen Schloss ertönt das Bellen der Jagdhunde. Schon seit Tagen bereiten sich die Bewohner und ihre vielen Gäste auf das Ereignis vor. Bald wird zum Ausritt geblasen. Traditionell gekleidet verlassen die Reiter den Vorplatz des Schlosses. Zurück bleibt die Dienerschaft. Nach der Rückkehr der Gesellschaft soll gefeiert werden. Nur wenige Damen sind ausgeritten.

Die zurückgebliebenen treffen sich zu einem Spaziergang. Vorbei an vielen blühenden Büschen finden sie schließlich den Weg zu dem Teich. Ganz ruhig ist es geworden. Die Sonne wirft Kreise auf die Wasseroberfläche. Ein kleiner Steg führt nahe zum Wasser hin. In ein plauderndes Erzählen vertieft schauen die Damen auf das Wasser und sind entzückt, als sie sich im Wasser spiegeln. Immer wieder neu stellen sie sich, zupfen hier und da etwas zurecht, lachen; sie können sich fast nicht lösen von dem Bild, das ihnen entgegen strahlt.

Plötzlich trifft ein Stein auf das Wasser, das Bild zerspringt wie ein Spiegel, Kreise bilden sich, die auseinander fliehen. Erschreckt gucken die Damen sich um. Hinter dem Gebüsch entdecken sie den kleinen Sohn der Köchin, der sie beobachtet hatte und ihr wunderbares Spiel unterbrach. Es dauert eine Weile, bis sie sich beruhigt haben, ihre Kleidung gerichtet haben, dem Jungen einige zurechtweisende Worte hinterhergerufen haben. Die Seerosen bleiben unbeeindruckt von dem Spiel. Ein wenig heben und senken sie sich mit den kreisrunden Wellen und genießen dann wieder die Sonnenstrahlen, denen sich die Blüten zugewandt haben.

Die Damen wenden sich wieder dem Haus zu. In Erwartung der Rückkehr der Gäste wollen sie die Vorbereitungen begutachten, die gedeckten Tische im Spiegelsaal staunend betrachten. Und wieder wird ihr Blick von der sich fast biegenden Tafel abgelenkt auf das eigene Spiegelbild, erhellt durch das Licht auf den Kristallleuchtern, das sich auch in den Weingläsern bricht.

Nach einer erfolgreichen Jagd, nach einem Gelage, das bis in die Nacht hinein gedauert hat, ist die Dunkelheit herein gebrochen. Der Mond wirft ein aschfahles Licht auf einzelne müde Gesichter. Der Schein der wenigen Kerzen wirft lange Schatten, und ein erschreckender Schauer trifft den Betrachter, der immer noch neugierig sein Spiegelbild sucht.

Frühling

Inzwischen ist der Frühling aufgewacht und beginnt, alles Gefrorene aufzutauen. Das Eis schmilzt, die Bäche schwellen an, die ersten Blumen strecken ihre Köpfe aus dem Boden. Ein Weg zu der Hütte ist wieder sichtbar, die Schneeschaufel wird weggepackt, der Wintermantel eingemottet. Die im Winter geschmiedeten Pläne werden hervorgeholt. Nun steht bald die große Wanderung an. Vier Familien werden aufbrechen, um einen neuen Wohnplatz zu erkunden. Bald sind die Pferde gesattelt, der Proviant verpackt; früh morgens brechen sie auf, voller Erwartung und Hoffnung, angetrieben von dem Wunsch, eine weite Ebene zu finden, in der mehr angebaut werden kann.

Sie richten sich nach der Sonne und den Sternen, es geht immer weiter nach Westen. Unterwegs treffen sie keine Menschen, nur hören sie manchmal nachts die Wölfe. Nach Wochen erreichen sie eine Talmulde, die geschützt liegt, ein kleiner Fluss bewässert das Land. Sie schlagen ein vorläufiges Lager auf und erkunden in den nächsten Tagen die Umgebung. Hier könnte man bleiben, hier ist Platz, hier kann etwas angebaut werden. Bald sind sie sich einig geworden, hier einen Neuanfang zu wagen, als sie in der Ferne ein Feuer sehen. Sie reiten hin und treffen auf eine Gruppe von Menschen, die rasten. Eine Verständigung ist nur schwer möglich. Sie tauschen ein wenig Essen aus. Sie laden die Unbekannten ein, zu ihrem Lagerplatz zu kommen. Mit vorsichtigen Gesten gelingt es schließlich, ihnen ihre Pläne deutlich zumachen. Sollen sie dazukommen? Es ist genug Platz für alle da. Könnten sie sich miteinander anfreunden und zu einer Gruppe werden?

Als ich aufwache, bin ich noch ganz benommen. Das Zwitschern der Vögel im Frühjahr hat mich in wenigen Minuten träumen lassen, was aus dem letzten Roman hängen geblieben ist. Gespannt gehe ich in den neuen Tag und muss Acht geben, dass ich nicht im Keller nach dem alten Sattel suche.

Dunkel

Als sie sich kennenlernten, war es dunkel gewesen. Dann hatte sie ihn eingeladen und nun war er da. Sie hatte ihm ihre Wohnung gezeigt und die Tischtücher und die Bettbezüge und auch die Teller und Gabeln, Messer und Löffel. Die sogenannte Briefmarkensammlung wollte sie ihm nicht zeigen.

Sie präsentierte mit all dem, was sie besaß, ihr Leben, fertig eingerichtet, geschmackvoll, sie zeigte ihren Stil, sie gab ihm Einblick in ihr Leben. Sage mir, wie du wohnst, wie du ausgestattet bist, und ich sage dir, wie …

Es war ein deutlicher Schritt. Ob es Beiden bewusst war, was diese Einladung bedeutete?

Sie hätten sich doch auch erst einmal zu einem Spaziergang verabreden können, in ein Café gehen können.

Nein, von einem kurzen Kennenlernen im Dunkeln zu einer Einladung nach Hause.

Dahinter konnte verborgen sein, dass der Wunsch nach einer Beziehung, einem besseren Kennenlernen bestand.

Sie wollte zeigen, dass sie selbstständig war, nicht bei ihren Eltern lebte, sondern gut alleine zurecht kam. Den Haushalt hatte sie im Griff - nur die Einsamkeit, vor allem am Wochenende – damit kam sie nicht gut zurecht. Deswegen war sie ausgegangen, auf die Suche, hatte den Kontakt gesucht. Und er war der Einladung gerne gefolgt.

Jahre später hielt sie Rückblick. Sie hatte ihre Wohnung aufgegeben. Sie war ihm gefolgt, hatten einen gemeinsamen Ort gefunden, wo er unter der Woche gearbeitet hatte, und sie hatte sich auch beruflich verändert. Der Hausrat hatte gewechselt. Tischtücher, Bettbezüge und vieles andere war im Laufe der Zeit ausgewechselt worden, um eine gemeinsame Geschmacksrichtung zu finden. Die beiden hatten sich gefunden, aber auch in einzelnen Bereichen voneinander abgegrenzt. Als bereichernd empfand sie ihre Beziehung, das geteilte Leben, die gemeinsame Wohnung.

Besonders liebten sie die Spaziergänge im Dunklen, eine andere Geräuschkulisse, Dunkelheit und künstliches Licht, Nachtschwärmer, Glühwürmchen, geschlossene Läden, offene Bars; abschalten nach der Arbeit, ein anderes Publikum. Manchmal huschte man aneinander nur vorbei.

Wenn sie ihren Urlaub an der See verbrachten, übernachteten sie gerne draußen unter dem Sternenhimmel, suchten Sternschnuppen, beobachteten Sonnenuntergänge und -aufgänge. Die besten Gespräche gab es, wenn die Geschäftigkeit eines Tages hinter ihnen lag, wenn man nicht abgelenkt war durch das, was man gerade sah.

Die Dunkelheit legte sich dann wie ein Mantel um sie.

Später gab es eine andere Dunkelheit. Ihr Geist verdunkelte sich. Es wurde ihr schwer, sich zu orientieren. Tag- und Nachtrhythmus waren verworren. Das Augenlicht wurde schwächer. Bedrohlich, manchmal gefährlich war es. Er blieb bei ihr. Er hörte sie, er hörte ihr zu. Er stützte sie. Seine Stimme drang auch noch im Dunkeln bis zu ihr, auch wenn sie den Sinn nicht verstand. Seine Berührungen halfen ihr.

Sie hatte ihn eingeladen und er war bei ihr geblieben.

… nach Peking

Eine lange Reise stand bevor. Lange hatten sie geplant, lange die Strecke vorbereitet, und dann ging es los, vier Studenten von Moskau nach Peking. Vergessen die tägliche Dusche, vergessen das morgendliche Joggen im Park, vergessen der volle Kleiderschrank.

Alles herunter geschraubt auf ein Minimum, drei Wochen mit nur einem Stück Gepäck auskommen – diese Aufgabe zur Leichtigkeit hatte etwas.

Es dauerte eine Weile, den hektischen Aufbruch hinter sich zu lassen und zu verstehen, dass man nun drei Wochen lang seinen Weg durch die Geleise bestimmen ließ. Das Rattern des Zuges, der nur das Nötigste an Komfort aufwies, bestimmte die Grundmelodie. In die eigene Muttersprache mischten sich immer mehr fremde Laute. Auch das wirkte beruhigend, die Bereitschaft, Neues aufzunehmen.

Endlose Zeiten verbrachten sie damit, die Landschaft zu beobachten. An den relativ wenigen Haltestellen boten Mütterchen frisches, heißes Essen, triefend vor Fett, warmgehalten in vielen Lagen von Tüchern. Gerne gaben sie das gewünschte Geld, was wesentlich zu deren Lebensunterhalt beitrug.

Die weite Landschaft zerrte an dem eigenen engen Horizont. Gegen die Mischung von verschiedensten Düften half das Öffnen der Abteilungsfenster. Blaue Flecken mehrten sich, bedingt durch das Geruckel im Zug, das nächtliche Aufschrecken im Schlaf, wenige Zentimeter über einem die Decke. Die Verpflegung im Zug war reichlich und fremd, aus großer Gastfreundschaft angebotener Wodka half, sie zu vertragen. Armut, Enge, der Wille, gut miteinander auszukommen, die zunehmende Entfremdung von allem bisher Gewohnten prägten die Reise. Der Kontakt zu den Freunden nach Hause wurde weniger, der Empfang für das Handy seltener, Leben, Nachdenken, Zuhören, Beobachten, …

Eine Frau fiel auf: Kopftuch, abgearbeitete Hände, gebückt, für sich; ganz langsam nahm man sich wahr, ein scheuer Blick. Löst ihr Sprechen, ihre deutsche Sprache etwas aus? Versteht sie etwas von der Unterhaltung? Ganz langsam wird hier und da ein Wort gewechselt, an den Augen sehen sie, dass das Misstrauen nachlässt. Und an einem Tag beginnt sie zu erzählen: Als Deutsche hat sie einen Russen geheiratet. Nur mühsam erinnert sie sich an ihre Muttersprache. Aus Liebe zu ihrem Mann hat sie Vieles zurückgelassen, was ihr als junges Mädchen lieb und wert war. Ihre Worte kommen flüssiger. Ihr Erzählen wird von einem offeneren Gesichtsausdruck begleitet, und als sie dann Worte findet, um ihr Elternhaus und die Umgebung zu beschreiben, da strahlt sie. Sie hat einen großen Reichtum, der ihrem Leben eine stabile Grundlage gegeben hat. Ein wenig davon hat sie mitgeteilt und im Gespräch weitergegeben. Beiden Seiten hat es gut getan. Als sie aussteigt, ist es ein herzlicher Abschied. Unvergessen wird bleiben, dass sie miteinander ihre Mahlzeit geteilt haben und damit ein wenig Freundschaft und Annahme gezeigt haben.

Als sie die Station verlassen, blinkt ihr silberner Zahn in der Sonne, als sie winkt und lächelt.

Madelaine

Erinnert ihr euch noch an Madelaine? Sie war schon immer eine besondere Frau gewesen. Lange kannte ich ihren Namen nicht. Am Rande des Ortes wohnte sie. Sie war anders. Sie sah man nicht am Brunnen stehen ober beim Einkaufen. Sie suchte immer die Weite. Stundenlang wanderte sie. Immer hatte sie einen Schirm dabei, gegen die Sonne, gegen den Wind. Sie passte in die Landschaft. Unvorstellbar, sie sich als Hausmütterchen zu denken. In der großräumigen Küche ihres Hauses, das ich noch von der Vorbesitzerin kannte, wirkte sie wohl ab und zu. Aber dann ließ sie alles stehen, befahl dem Wind, das gewaschene Geschirr, das im offenen Fenster stand, zu trocknen und wurde wieder ein Teil der Natur. Damit konnte sie nicht in unsere Dorfgemeinschaft passen. Sie suchte die Ferne. Sie stand im Winter an den Flussauen und träumte, sie beobachtete Peter, den Angler, der stundenlang die Stille seines Hobbys genoss. Immer woanders, immer voller Sehnsucht. Sie war eine stattliche Erscheinung, ihren Mann sah man selten, er musste wohl in Diensten im Ausland sein, zwei Kinder belebten das Haus, aber auch sie lüfteten nicht das Geheimnis um Madelaine.

Viel später gab es einen wunderbaren Gedichtband, der auf sie zugeschnitten war. „Madelaine" war er überschrieben. Die Autorin, über die es nur wenige Angaben zu lesen gab, lebte in unserem Ort. Es konnte sich nur um diese Frau, um Madelaine handeln. Durch diese Gedichte wurde sie mir vertrauter. Im fernen Asien war sie geboren, ihr Vater im diplomatischen Dienst, viele Umzüge, keine wirkliche Heimat, dafür aber umso mehr Sehnsucht.

Die Gedichte handelten von der Natur, vom Wind, von der Vergänglichkeit, vom Suchen und Finden. Und dann ereignete es sich eines Tages, dass sie mitten im Dorf in unserem Straßencafé saß. Der Schirm stand neben ihr. Am Tisch saßen ihre Töchter, sie grüßte, war wie verwandelt, freundlich, zugänglich, als hätte sie schon immer dazu gehört.

Sie wurde für alle der Inbegriff von Weite, Großherzigkeit, Unbekümmertheit. Ihr Haus war offen, sie lud uns auch ein, sie zu besuchen. So brachte sie einen Hauch von weiter Welt in unsere Gegend, in unser Leben, in unsere Gedankenwelt.

Was aus ihr wurde, weiß ich nicht mehr. Eines Tages war sie nicht mehr da, wie „vom Winde verweht".

Kanufahrt

Von hinten sah ich sie. Wochenlang hatten sich Victor und sein Freund auf die Kanufahrt vorbereitet. Mehrmals in der Woche hatten sie trainiert, die Route studiert, die Wetterentwicklung beobachtet. Nach einem letzten Gruß konzentrierten sie sich auf den schmalen Flusslauf. Zwei Wochen lang sollte die Tour dauern, Haltestellen, Übernachtungsmöglichkeiten waren festgelegt worden.

Madelaine behielt das Bild vor ihrem inneren Auge, begleitet von dem plätschernden Geräusch, das die Paddel beim Eintauchen verursachten. Sie wollte es ihnen in ähnlicher Weise gleich tun. Regelmäßig wanderte sie durch die Umgebung, immer ausgerüstet mit ihrem Sonnenschirm, den sie bei einem plötzlichen Wetterumschwung auch als Regenschutz nutzen konnte.

Zwei Wochen in eigener Tagesgestaltung, in einer wohltuenden Rücksichtslosigkeit. Die beiden Sportler wurden vom Wasser getragen, konnten sich auch manchmal mühelos dem Fließen des Wassers überlassen. Was trug sie?

Sie schätzte ihr schlichtes Holzhaus, in das sie sich zurückziehen konnte. In den frühen Morgenstunden arbeitete sie an ihrem Roman, der das Leben ihres Großvaters zum Inhalt hatte. Gemeinsame Erfahrungen, die sie als junges Mädchen geprägt hatten, schmückte sie aus. Dabei spürte sie, was ihr einmal unbewusst wichtig gewesen war und wie ihre weitere Lebensgeschichte sie geformt, verbogen und wieder aufgerichtet hatte.

Personen kamen ihr in den Sinn, die manchmal einen wichtigen Impuls gegeben hatten, dann aber wie die Paddler ihr Gesichtsfeld verließen. Von manchen hatte sie nie wieder etwas gehört. Sollte sie sich bemühen, sie festzuhalten, sie zurückzurufen, um alte Zeiten heraufzubeschwören?

Nein, jetzt war es dran zurückzubleiben, Abschied zu leben, loszulassen, frei zu sein zum Nachdenken, für Veränderungen, zu einem Neuanfang.

Madelaine blieb gerne beim Haus. Nach dem Mittagessen suchte sie sich die alten Klaviernoten hervor und übte. Ihre Finger waren ein wenig steif geworden, aber das konnte ihre Freude nicht dämpfen.

Später würden die beiden Wassersportler die Stromschnellen passieren. Hindernisse umschiffen, aufmerksam und mutig bleiben – musste sie das auch? Plätscherte ihr Leben dahin, konnte sie es in vollen Zügen genießen oder waren gefährliche Klippen zu erwarten?

Die zwei Wochen vergingen in aller Ruhe. Am Tag vor der Rückkehr brachte Olafson wie immer die Post. Gleichzeitig mit einem Brief ihres Verlegers kam ein Schreiben an ihren Mann, dem ein Angebot unterbreitet wurde, sich beruflich zu verändern: Wieder eine monatelange Vertretung im fernen Osten.

Bildlich hatte sie sich festgefahren in ihrem Paddelboot. Ihr sanftes Dahinfließen war abrupt unterbrochen worden. Kein Schreiben gelang, das Essen schmeckte nicht mehr, die Tasten brachten keine Töne hervor, der Spaziergang führte nicht zur gewohnten Erholung und klärte nicht die Gedanken.

Sie sah nur alles von hinten. Alles entschwand ihr, sie konnte nichts festhalten, fühlte sich leer und traurig.

Pünktchen

K omm, komm Pünktchen. Ich nehme dich mit."

„Was hast du vor, Isabel?"

„Ich will dir was zeigen. Zieh dir eine Jacke an, wir gehen raus."

„Kannst du mir sagen, wohin?"

„Nein, das wird eine Überraschung."

Isabel holt die Jacke vom Haken, sie nehmen ein Körbchen mit und leise verlassen sie das Haus.

Pünktchen geht gerne mit. Ihre größere Schwester hat immer gute Ideen.

Es ist früher Nachmittag, bald ist Ostern. Gestern haben sie schon viele Frühlingsblumen am Waldrand gesehen.

Wie erwartet pflücken sie viele kleine Blumen, mit denen sie einen Osterkranz schmücken wollen. Immer wieder überrascht sie eine neue Blüte. Nach dem langen Winter viele kleine helle Lichtblicke.

Aber dann, ab von der Straße hören sie auch das Zwitschern der Vögel und Klänge, die nicht zur Natur gehören. Nahe der weit

abgelegenen Gartenlaube erklingen Lauten-
klänge. Ganz versunken zupft Madelaine ihre
Laute. Es ist ein trauriges, melancholisches
Lied. Ferdinand musste gestern eine lange
Reise antreten. Die Melodie ist wie eine Ab-
schiedsmelodie.

Vorsichtig, fast leise nähern sich Pünktchen und Isabel. Von der Seite kommend
lassen sie die gesammelten Blumen aus
dem Körbchen auf Madelaine fallen. Wie im
Traum verwandeln sich die Klänge in Dur.
Sie blickt auf und strahlt die beiden Mädchen
an. Sie summen gemeinsam zu den zarten
Klängen.

Später gehen sie zusammen ins Haus und
backen ein Osterlamm.

Damals in Siegen

Es war zu kalt, die Nase lief, davon
wachte Johann Heinrich auf; das Stroh
schüttelte er sich aus den Haaren, den Mäu-
sedreck wischte er sich vom Bein. Im Krug

war noch ein Schluck schales Bier. Erfrischend wach wurde er davon nicht. Heute wollte er sich mit Freunden treffen, festhalten, was geschehen war. Einer brachte Papier mit, ein anderer Feder und Tinte. Getrocknetes Brot hing noch am Faden. Eine Schüssel Wasser goss er sich über seinen Kopf. Es fing an zu dämmern, er musste seine Lampe nicht mehr anzünden. Die Kleidung vom Vortag musste heute noch einmal herhalten. Das Tor quietschte, die Hühner liefern gackernd davon, kaum einer begegnete ihm auf dem Berg vom Schloss. Auf halbem Weg hatten sie sich verabredet. Geschichten wollten sie schreiben. Sie wollen sich verewigen, dokumentieren, was ihre Väter noch wussten, was sie selbst erlebten und für die Zukunft planten. In der großen Scheune am Markt trafen sie sich. Maria, die Magd, verkaufte Eier, Jakob bot seine Töpfe feil und lenkte ihn mit seinem Geklapper von seinen Gedanken ab. In der Nacht hatte es stark geregnet, Abwässer verschmutzten den Weg, es stank. Vor der Scheune stand ein Esel, Frieder musste später noch ein Fuder Holz abliefern. In der großen Scheune setzten sie sich an einem groben Tisch zusammen.

Schnell waren Ideen beigetragen. Vorsichtig schrieb Henner einen Satz nach dem anderen. Kein anderer hatte gelernt, so wie er zu schreiben.

Traudchen

Traudchen schluckte. Sie kriegte große Angst. Das war neu. Damit hätte sie nicht gerechnet. Sie bekam einen Schluckauf.

Der Regenwurm legte die Serviette zusammen, erhob sich von seinem Stuhl und verließ ohne weitere Worte das Esszimmer.

Wieder schluckte Traudchen. Es hörte gar nicht mehr auf. Was machte das mit ihr? Die Tür hatte ihr Gatte offen stehen gelassen. Sie saß verdutzt im Durchzug. Als der Schluckauf nicht nachließ, kam ihr spontan der Gedanke, mit der Faust auf den Tisch zu hauen.

Gut, diesen abrupten Aufbruch hatte sie kommen sehen. Sie hatte schon länger das Gefühl gehabt, dass etwas nicht stimmte. Nicht nur ihr Magen wand sich. „Dann eben nicht." Sie schob ihren Stuhl zurück, ließ den Kaffeetisch stehen, holte tief Luft und sah sich um. Wieder ein Schluckauf. Tief Luft holen war nicht gut. Es fiel ihr nicht leicht, aber sie musste ihrem Mann Recht geben. Abgestanden, alt, vergangen. Hier musste sich etwas, nein, viel ändern!

Fenster auf! Sie hörte auf einmal die Vögel zwitschern. Sie ließ ihren erdigen Haushalt hinter sich, kroch an die Oberfläche und kniff die Augen zu, weil sie von der Sonne geblendet wurde.

Wie im Urlaub, schoss es ihr durch den Kopf, Süden, Sonne, Wärme. Ein Wochenende lag vor ihnen, vor ihr. Einmal ganz anders, nicht Haushalt, kein Abwasch, sondern Tasche packen, ein Schöner-Tages-Ticket besorgen und ab in den nächsten Zug. Wo es schön war, würde sie aussteigen. Gesagt, getan. Sie schrieb eine Notiz: Wann ich wiederkomme, weiß ich anschließend, auch ich brauche Luftveränderung.

Als Herr Regenwurm kurz darauf an den heimischen Herd zurückkehrte, wunderte er sich, dass er nicht das vormittägliche Treiben hörte. Er war erstaunt, dass Traudchen wohl auch den Wunsch nach frischer Luft und Veränderung gespürt hatte.

Samstagabend erhielt er eine SMS: 'Mir geht es gut. Komme morgen wieder.' Jetzt war es an ihm zu schlucken. Er vermisste die Fürsorge seiner Frau, musste sich notgedrungen selber um alles kümmern und spürte dabei, wie schwer er sich damit tat.

Als ob sie nur mal kurz zum Einkaufen weg gewesen wäre, kehrte Traudchen am Sonntagabend vergnügt und gelöst zurück. In der Hand einen großen Blumenstrauß, den sie selbst gepflückt hatte. Obst und Gemüse hatte sie auf einem Bauernmarkt erstanden. Aber was noch mehr auffiel, sie brachte frischen Wind mit. Irgendwie erschien sie, ihm gewachsen zu sein, selbstbewusster, unbefangener. Sie gefiel ihm.

Ob sie umziehen sollten in ein höher gelegenes Apartment, oder war die frische Luft eine Herzenssache? Er war erstaunt, was er hier angestoßen hatte. Da müsste er dranbleiben!

Eine alte Frau

Eine alte Frau lebte ganz allein und war immer traurig. Ihr Alltag war dunkel. Wenn sie überhaupt noch etwas fühlte, dann war es wie abgeschoben, auf dem Abstellgleis. Das Leben lief an ihr vorbei, das heißt, von Laufen konnte gar keine Rede mehr sein. Manchmal bewegte sich gar nichts. Sie konnte stunden- und tagelang einfach nur dasitzen und vor sich hinstarren. Manchmal meinte sie, etwas zu hören, schrak ein wenig aus ihrer Lethargie auf, aber dann versank sie wieder im Nebel. Selten geschah es, dass sie ein Lichtblick traf, ein Strahl der Sonne, das Flöten eines Vogels, eine kleine Erinnerung an Tage, die weniger traurig gewesen waren. Womit hatte es begonnen, dass sie das Alleinsein so traurig gemacht hatte? Früher konnte sie es doch gut aushalten, ruhig zu sein; Stille konnte sie genießen; aber jetzt empfand sie das Alleinsein wie eine bleierne Schwere.

Es gab Zeiten, da glaubte sie zu spinnen, da hörte sie etwas – und sie war sich nicht sicher, ob es noch aus der realen Welt stammte – und wenn schon. Es beunruhigte sie nicht wirklich – andere Menschen interessierte es nicht. Wer wollte etwas von ihr? Wer wollte sie – weder als traurige noch als fröhliche Frau?

Ein Auslöser war die Erfahrung von Verlust. Mit aller Kraft hatte sie sich immer an alles geklammert, was ihr lieb und wichtig war, Gegenstände, Menschen, Ziele. Und je mehr sie daran festhielt, desto mehr glitt es durch ihre Finger. Sie fühlte sich wie ein Korb, durch den Wasser fließt, der aber letztlich leer bleibt. Zuerst konnte sie gar nicht begreifen, was sich ereignete; sie versuchte vergeblich, dagegen anzugehen, aber sie scheiterte immer wieder. Innerlich begann sie, sich zu ducken, sich zurückzuziehen. Sie erwartete immer weniger von Menschen, ihrem Leben.

Abgelegen fristete sie ihre Tage, selten kamen Leute an ihrem Haus vorbei.

Eines Tages fand sie vor ihrem Haus ein kleines Spielzeug, das wohl ein Kind verloren hatte: ein kleiner verschmitzt guckender

Zwerg. Sie hob ihn auf, säuberte ihn und stellte ihn auf ihren Tisch. Sie starrte ihn an. Ob er ihr etwas sagen wollte? Nein, er blieb stumm, aber irgend etwas löste er aus. In seiner rechten Hand trug er eine Spitzhacke, die Ärmel hochgekrempelt, bereit zur Arbeit. Silber suchen im Bergwerk, das war seine Aufgabe; er war klein, arbeitete im Dunkeln, war eine Figur, die ins Märchenhafte ragte.

Da war eine Verbindung. Diese kleine Figur hatte bei ihr drinnen angeklopft, sie aufgeweckt, einen Anstoß gegeben, der sie zum ersten Mal ihre Traurigkeit vergessen ließ. Klein und geduckt, so fühlte sie sich oft, aber etwas Kostbares suchen, Verschüttetes frei hacken, sich aufraffen und etwas finden?! Das wirkte belebend. Der kleine Zwerg blieb dort mitten auf dem Tisch stehen. Sie wollte sich aufmachen, aus dem Haus gehen. Sie suchte sich gute Kleidung, zog sich sorgfältig an und machte sich auf, erst zögerlich, dann aber mit festem Schritt. Ihr Ziel war ein Café. Als sie es betrat, kam ihr eine warme, wohlige Atmosphäre entgegen. Sie wurde freundlich begrüßt und bedient. Sie fühlte sich wie eine kleine Königin und gönnte sich ein Stück Marzipantorte. Verziert war der Kuchen mit Glückssymbolen. Ein kleines Schweinchen lachte sie an. Sie ließ sich davon anstecken, genoss den Nachmittag und ihr „Auf Wiedersehen!" klang anders, ein neuer Ton war da.

Hannah

Sie kannten sich schon lange. Im Kindergarten hatten sie miteinander eine Gruppe besucht. Zusammen wurden sie eingeschult. Manchmal waren sie wie Bruder und Schwester. Er trat für sie ein – er war stark. Sie wollte ihm nacheifern, probierte alles aus.

Irgendwann zog er mit seiner Familie weg. Die Kinder wurden dabei nicht nach ihren Wünschen gefragt. Aber eine große Traurigkeit legte sich auf ihr Herz.

Später gab es Möglichkeiten, einander zu suchen. Sie hatte längst eine Familie. Und doch spürte sie manchmal noch einen tief sitzenden Schmerz. Sie fand seinen Namen, den sie nie vergessen würde. Er wohnte ganz in der Nähe.

Eines Tages stand sie bei ihm vor der Tür. Ein kleines Kind öffnete. Im Hausflur stand er, fragend, suchend und ganz langsam verstehen, erkennen, Überraschung, Schmerz und Freude zugleich. Er setzte sich auf die Treppe und war sprachlos. Er blickte auf, sah sie an.

Das kleine Mädchen guckte zwischen beiden hin und her, spürte ihre Vertrautheit. Sie nahm ihren kleinen Esel und gab ihn der Besucherin in die Hand. Dann fasste sie sie und führte sie zur Bank vor das Haus. „Wie heißt du?" „Ich bin Hannah." - „Oh, ich kenne dich. Du hast immer so schöne Geschichten gewusst. Mein Vater hat sie mir alle erzählt. Dabei kann ich gut einschlafen. Ich habe gehofft, dich einmal zu sehen. Und irgendwie kommst du mir so bekannt vor. Kannst du mir eine Geschichte erzählen?"

Sie sah ihn an und sein Gesicht strahlte.

Wolke 9

Wolke 7 war mir bekannt. Dort hatte ich Pia schon einige Male besucht. Aber diesmal sollte ich zu Nummer 9. Ich gab die Adresse im Navi ein: Himmelstraße, Wolke 9. Natürlich konnte unser Navi darauf nicht reagieren. Macht nichts. Dann muss ich mich ein bisschen mehr konzentrieren. Nummer 9 wird in der Nähe von 7 liegen, vielleicht eine Nachbarwolke – dachte ich. Ich machte mich auf. Das Auto war anders als im normalen Leben, ohne Geräusche verließ es den Parkplatz; es war ein Cabrio, und langsam erhob ich mich in die Lüfte. Ich kam gut voran; wenn mir ein Auto entgegenkam, ließ ich mich fallen, es konnte über mich weg brausen – es war ähnlich wie im Wasser. Alles ging leicht.

Ich kam an verschiedenen Wolken vorbei. An die dunkle Wolke 1 erinnerte ich mich gut. Rechts lag Wolke 2, aus der ich einmal gefallen war. Wieder links eine bizarr zerrissene Wolke, die beim letzten Gewitter gelitten hatte. Die Himmelstraße machte eine große Biegung, die Wolke von Pia kam in Sicht und direkt daneben erstreckte sich ein Wolkenturm, Nummer 9. Wie ein Pilz wirkte die Wolke, wie die steinernen Gebilde in Südfrankreich. Erstaunt hielt ich an. Parkplätze sind im Himmel kein Problem. Man kann überall ungestraft, kostenlos halten.

Ich näherte mich Wolke 9. So etwas Schönes hatte ich noch nicht erlebt! Zuerst fühlte ich es auf der Haut - ein zartes, feuchtes Gefühl, Wellness pur, Helligkeit, Schweben, Leichtigkeit.

Ich wurde willkommen geheißen, man hatte mich erwartet. Die Kopfschmerzen vom Vorabend waren verflogen. Getränke gab es zur Auswahl, ich traf auf Gabriele. Mir kamen fast die Tränen, Freudentränen, sie hier unerwartet zu treffen. Sie führte mich in einen wunderschön geschmückten Saal und bat zum Tanz. Fliegen, geführt werden, sich drehen ohne Schwindel – das tat einfach nur gut.

Sie führte mich ans Fenster, von wo wir einen wunderbaren Ausblick genossen. Endlich konnte ich verstehen, weit sehen, Zusammenhänge erkennen.

Und ich sollte wiederkommen, jederzeit; aus Wolke 9 würde ich nie herausfallen.

Im Süden

Am Markt saßen sie – Joseph mit seinem strahlenden Lachen und einer Schnur perlweißer Zähne, Stephanos mit seiner Pfeife und einem letzten Zahn.

Sie spielten Boule, verständigen konnten sie sich kaum und doch war es ein herzliches Miteinander.

Jeden Morgen sah ich sie beim Einkaufen. Wir grüßten uns, ich blieb einen Augenblick stehen, bewunderte ihre Geschicklichkeit und traf sie wieder auf dem Heimweg.

Ich brauchte Olivenöl. Heute Morgen war der Krug zerbrochen. Auf dem Steinfußboden hatte sich das goldgelbe Öl ausgebreitet und entfaltete einen wunderbaren Duft. Mir tat es Leid um den kostbaren Krug, der mich an Stephanos' Frau erinnerte.

Lange hatte sie mir im Haus geholfen. Von ihr konnte ich viel lernen über die Sitten im Dorf, von den Menschen und ihren Vorzügen, von vielen kleinen Haushaltstipps.

Am späten Nachmittag hatte ich Zeit. Wieder ging ich zum Markt und traf mich mit den anderen Frauen. Wir passten auf unsere spielenden Enkel auf. Vom Meer her kam eine leichte Brise. Eine Ahnung von Weite lag über dem Dorf. Mit ihr kamen Fremde. Manche gingen bald wieder, andere blieben, wie Joseph. Einzelne Künstler zogen in den Sommermonaten her. Die Sonne tauchte unseren Flecken in ein einzigartiges Licht. Auf manchen Bildern konnte man auch Stephanos und Joseph erkennen, der eine alt und sonnengebräunt, der andere jung und schwarz. Der eine hatte das Leben hinter sich, schwere Zeiten, in denen er früh zum Fischfang 'rausgefahren war. Der andere verbrachte seinen Sommer hier, um sich von einer langen, schweren Krankheit zu erholen. So unterschiedlich die beiden waren, so harmonisierten sie doch, mit wenigen Worten, mit wachen Augen, die den Kugeln folgten, ein Bücken und Greifen nach den Kugeln, Freude übers Gewinnen, Eifer, es noch einmal zu versuchen.

Morgen wollte ich sie zum Essen einladen. Obst, Käse, Salat, Gemüse, ein bisschen Geflügel und viel Miteinander, Lachen, Zeit.

In der Abendsonne am Haus sitzen, ruhen, genießen, ich sah schon das Lachen von Joseph vor mir.